Die Pipistrellis

erzählt von Eveline Hasler
und illustriert von Józef Wilkoń

In einem alten Kirchturm lebte eine Fledermausfamilie. Sie hatte ein herrliches Leben. Sobald der letzte Sonnenstrahl weg war, erwachten die Fledermäuse und flogen durch die Ritzen in die Dämmerung hinaus.

Die Pipistrellis waren keine gewöhnlichen Fledermäuse. Sie waren Zirkusartisten und übten täglich ihre Kunststücke. Manchmal sahen der Küster und sein Enkel Jonas zu. Sie freuten sich, dass die Fledermäuse bei ihnen im Turm wohnten.

Jedes Mitglied der Fledermaus-Familie hatte sein besonderes Kunststück.

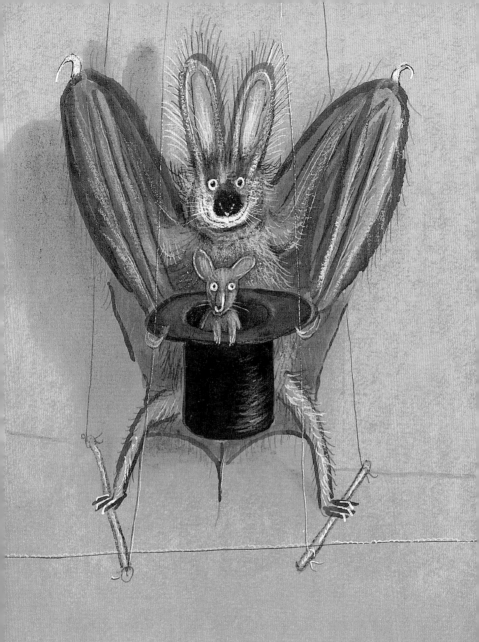

Herr Pipistrelli zauberte eine Maus aus dem Hut.

Frau Pipistrelli, die sehr elegant war und ihre Flügel
wie ein Nerzcape trug, tanzte auf dem Wäscheseil.

Das Mädchen Pipinella
sprang auf einem
Spinnennetz Trampolin.
Sohn Pipinello liess die
Mäuse durch einen
brennenden Reifen springen.
Das jüngste Kind,
Pipibaby, konnte sich mit
dem Fuss an einem
Spinnenfaden aufhängen.

Eines Abends läutete der Küster zu ungewohnter Zeit
die grosse Glocke. Der Turm brannte.

In Windeseile hatten die Pipistrellis ihre Habe gepackt.
Und was geschieht mit uns? Euren Verwandten? riefen
die gewöhnlichen Mäuse. Sie piepsten vor Angst, denn
sie hatten ja keine Flügel und konnten nicht wegfliegen.
Freunde, wir nehmen euch mit! sagten die Pipistrellis.
Wozu sind wir denn Artisten? So flogen sie mit den
Mäusen und ihrer Habe in die Nacht hinaus.

Vor Sonnenaufgang fanden sie auf freiem Feld ein
Haus. Das Fensterchen zum Dachboden stand offen.

Gegen Abend kam die Frau auf den Dachboden und entdeckte die Fledermäuse. Hilfe! schrie sie, denn sie hatte neulich am Fernsehen einen Film über Vampire gesehen. Dann ging sie schnell hinunter, um Besen, Scheuertuch, Leiter, Putzeimer, Allesreiniger, Insektenspray, Schmierseife, Staubsauger und manches mehr zu holen…

Zum Glück war es schon dämmrig. Die Pipistrellis flogen schnell zum Fenster hinaus über Äcker, Wälder und Hügel.

Da kamen sie zu einer grossen Stadt. Sie setzten sich auf das Dach des kleinsten Wolkenkratzers und rasteten. Die Häuser haben keine Winkel, sind flach und glatt, klagte Frau Pipistrelli. Wo finden wir auf dieser Welt noch Unterschlupf?

Das Mädchen Pipistrella weinte ein bisschen. Es war müde vom Fliegen.

Sie flogen weiter bis zu einer Ruine am Waldrand.
Hier ist es schön, sagte Herr Pipistrelli. Aber hier
wohnte schon eine Eule mit fürchterlichen Augen.

Die Pipistrellis flogen weiter und kamen zum Meer.
O weh, über dem Wasser schimmerte das erste
Morgenlicht. Schnell! trieb Sohn Pipinello die
Fliegenden an.

Wenn die Sonne grell vom Himmel scheint, stürzen wir
ins Meer!
Da entdeckten sie, kurz vor Sonnenaufgang, eine
Klippe mit Leuchtturm.

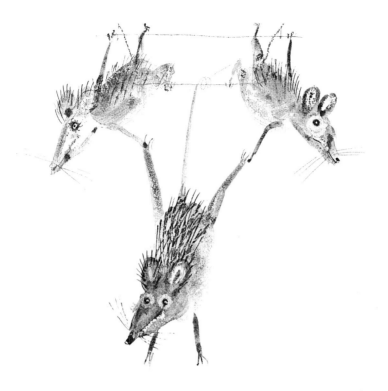

Die Pipistrellis richteten sich zwischen dem Gebälk des
Leuchtturms ein. Täglich übten sie ihre Kunststücke.
Sie hatten sogar eine neue Nummer einstudiert!
Sie hiess: hängende Traube. Aber niemand schaute zu.
Niemand applaudierte. Niemand freute sich über das
neue Kunststück. Mir macht das alles keinen Spass mehr,
klagte eines Tages das Fledermausmädchen Pipinella.
Ja, was sind unsere Kunststücke ohne Zuschauer,
nickte Frau Pipistrelli. Ich habe Heimweh nach Jonas und
dem Küster, sagte der Junge Pipinello.
Wer weiss, vielleicht ist unser Turm wieder aufgebaut?
Ja, lasst uns in die Heimat zurückfliegen, schlug Herr
Pipistrelli vor. Fliegen! Fliegen! rief Pipibaby.
Mehr sagen konnte es noch nicht.

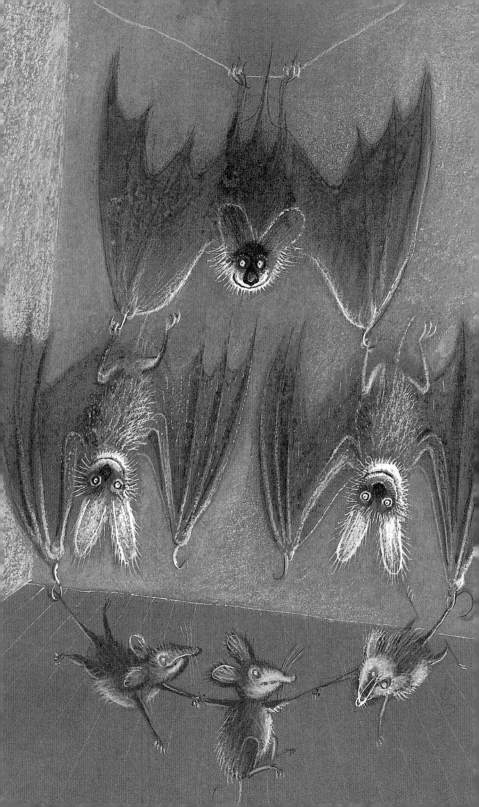

Und so machten sich die Fledermäuse
wieder auf die Reise.

Wirklich, der Turm war wieder aufgebaut! Der Küster und sein Enkel Jonas freuten sich über alle Massen, als sie ihre Freunde im Gewölbe entdeckten. Die Pipistrellis gaben ihnen eine GALAVORSTELLUNG. Frau Pipistrelli tanzte auf dem Wäscheseil. Herr Pipistrelli zauberte eine Maus aus dem Hut. Pipinella sprang auf dem Spinnennetz wie auf einem Trampolin, Pipinello liess die Mäuse durch brennende Reifen springen, und Pipibaby schwang aufgehängt an einem Spinnenfaden leise im Abendwind...
Wie schön, dass es auf dieser Welt doch noch einen Platz gibt für uns Fledermäuse, sagten die Pipistrellis. Und Menschen, die unsere Freunde sind!

In der Dämmerung flogen sie wieder um ihren alten Turm und über die Dächer der Menschen.